THIS BOOK
BELONGS TO:

_____

_____

_____

For Anna
M.W.

For Sebastian,
David & Candlewick
H.O.

Published by arrangement with Walker Books Ltd, London

Dual language edition first published 2006 by Mantra Lingua
Global House, 303 Ballards Lane, London N12 8NP
http://www.mantralingua.com

Text copyright © 1991 Martin Waddell
Illustrations copyright © 1991 Helen Oxenbury
Dual language text & audio copyright © 2006 Mantra Lingua
Romanian translation by Gabriela de Herbay
This edition 2012

Printed in Hatfield,UK FP080812PB09120559

Rața fermieră
FARMER DUCK

written by
MARTIN WADDELL

illustrated by
HELEN OXENBURY

Mantra Lingua

A fost o dată o rață care a avut ghinionul
să locuiască cu un fermier bătrân şi leneş.
Raţa muncea. Fermierul stătea toată ziua
în pat.

There once was a duck who had the bad luck
to live with a lazy old farmer.
The duck did the work.
The farmer stayed
all day in bed.

Rața a adus vaca de la câmp.
„Cum merge treaba?" strigă fermierul.
Rața răspunse:
„Mac-mac!"

The duck fetched the cow from the field.
"How goes the work?"
called the farmer.
The duck answered,
"Quack!"

Rața a adus oile de la deal.
„Cum merge treaba?" strigă fermierul.
Rața răspunse:
„Mac-mac!"

The duck brought the sheep from the hill.
"How goes the work?" called the farmer.
The duck answered,
"Quack!"

Rața a pus găinile în cotețul lor.
„Cum merge treaba?" strigă fermierul.
Rața răspunse:
„Mac-mac!"

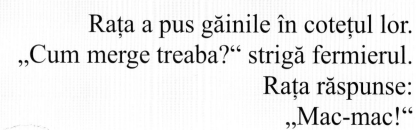

The duck put the hens in their house.
"How goes the work?"
called the farmer.
The duck answered,
"Quack!"

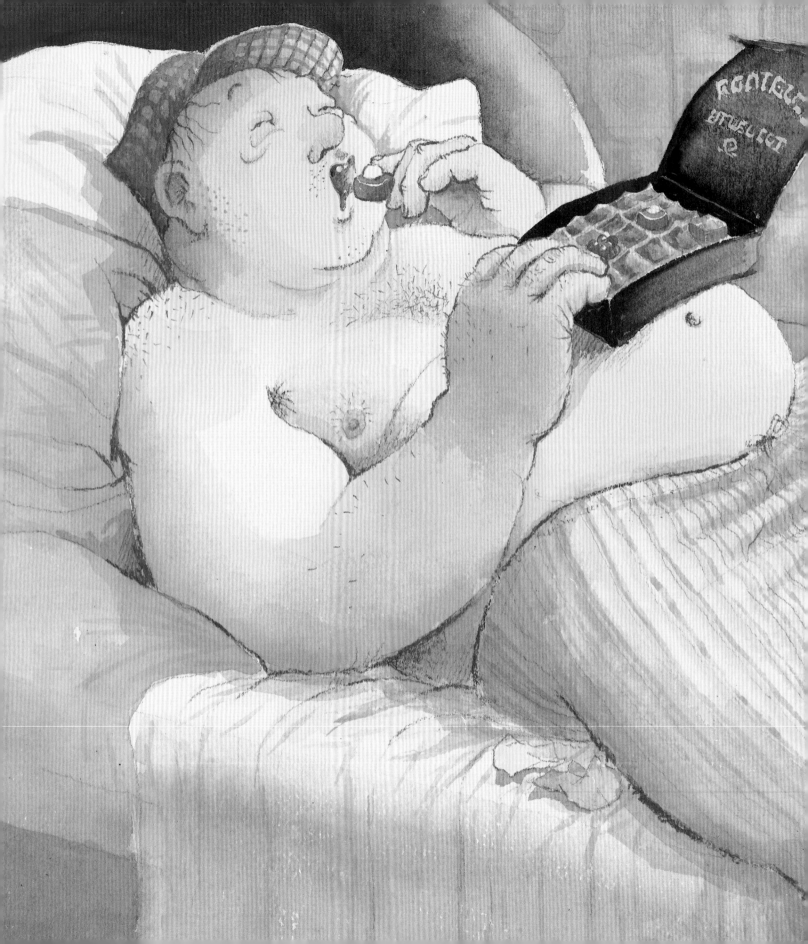

Tot stând în pat fermierul s-a îngrăşat şi săraca raţă s-a săturat lucrând toată ziua.

The farmer got fat through staying in bed
and the poor duck got fed up
with working all day.

„Cum merge treaba?"
„MAC-MAC!"

"How goes the work?"
"QUACK!"

„Cum merge treaba?"
„MAC-MAC!"

"How goes the work?"
"QUACK!"

„Cum merge treaba?"
„MAC-MAC!"

"How goes the work?"
"QUACK!"

„Cum merge treaba?"
„MAC-MAC!"

"How goes the work?"
"QUACK!"

Săraca rață era somnoroasă,
plângăreață şi obosită.

The poor duck was sleepy
and weepy
and tired.

Găinile, vaca și oile s-au supărat tare rău.
Ei o iubeau pe rață. Deci, s-au adunat la lumina
lunii și au făcut un plan pentru dimineață.

,,MUUU!" spuse vaca.
,,BEEE!" spuseră oile.
,,COT-CODAC!" spuseră găinile.
Și ACELA a fost planul!

The hens and the cow
and the sheep got very
upset.
They loved the duck.
So they held a meeting
under the moon and
they made a plan
for the morning.

"MOO!" said the cow.
"BAA!" said the sheep.
"CLUCK!" said the hens.
And THAT was the plan!

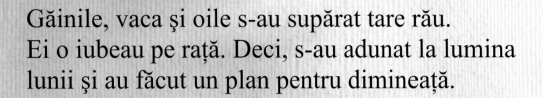

Era înainte de zorii zilei şi în ogradă era linişte.
Vaca, oile şi găinile se strecurară în casă prin uşa din spate.

It was just before dawn and the farmyard was still.
Through the back door and into the house
crept the cow and the sheep and the hens.

S-au furișat prin hol.
Au urcat pe trepte
scârțâind.

They stole down the hall.
They creaked
up the stairs.

S-au înghesuit sub patul fermierului şi s-au tot zvârcolit. Patul a început sa se legene şi fermierul s-a trezit şi strigă:
 „Cum merge treaba?"
şi...

They squeezed under the bed of the farmer and wriggled about. The bed started to rock and the farmer woke up, and he called, "How goes the work?" and...

„MUUU!“
„BEEE!“
„COT-CODAC!“

"MOO!"
"BAA!"
"CLUCK!"

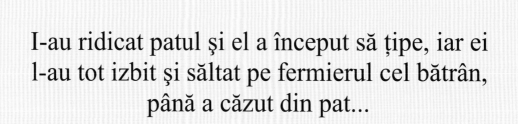

I-au ridicat patul şi el a început să ţipe, iar ei
l-au tot izbit şi săltat pe fermierul cel bătrân,
până a căzut din pat...

They lifted his bed and he started to shout, and they banged
and they bounced the old farmer about and about and about,
right out of the bed...

şi el fugi, cu vaca, oile şi găinile,
mugind, behăind şi cotcodăcind în jurul lui.

and he fled with the cow and the sheep and the hens
mooing and baaing and clucking around him.

În jos pe uliță...
„Muuu!"

Down the lane...
"Moo!"

dea lungul câmpurilor...
„Beee!"

through the fields...
"Baa!"

peste deal...
„Cot-codac!"

over the hill...
"Cluck!"

şi el nu s-a mai întors niciodată.

and he never came back.

Rața se trezi și merse legănat
și istovită în ogradă așteptând
să audă, „Cum merge treaba?"
Dar nimeni nu a vorbit!

The duck awoke and waddled wearily into the yard expecting
to hear, "How goes the work?"
But nobody spoke!

Atunci vaca, oile și găinile s-au întors.
„Mac-mac?" întrebă rața.
„Muuu!" spuse vaca.
„Beee!" spuseră oile.
„Cot-codac!" spuseră găinile.
Care îi spuse rației toată povestea.

Then the cow and the sheep and the hens came back.
"Quack?" asked the duck.
"Moo!" said the cow.
"Baa!" said the sheep.
"Cluck!" said the hens.
Which told the duck
the whole story.

Atunci mugind, behăind, cotcodăcind
şi măcăind toţi s-au apucat să lucreze
la fermă.

Then mooing and baaing
and clucking and quacking
they all set to work
on their farm.

Here are some other bestselling

dual language books from Mantra

Lingua for you to enjoy.